AF454783

13 Mai 1889

VENTE DU LUNDI 13 MAI 1889

HÔTEL DROUOT, SALLE Nº **8**

A 2 heures 1/4

MARBRES

Œuvres de Marchetti

MOBILIER ARTISTIQUE

ANCIEN ET DE STYLE

Bronzes, Porcelaines, Faïences, Tapisseries,
Étoffes, Tableaux.

Mᵉ G. BOULLAND	M. A. BLOCHE
COMMISSAIRE-PRISEUR	EXPERT
26, rue des Petits-Champs.	25, rue de Châteaudun.

EXPOSITION PUBLIQUE

LE DIMANCHE 12 MAI 1889

DE 1 HEURE 1/2 A 5 HEURES

CATALOGUE

DE

14 MARBRES

Groupes — Statuettes — Bustes

ŒUVRES DE MARCHETTI

Gaines et Colonnes

BRONZES D'ART ET D'AMEUBLEMENT

XVIIIᵉ SIÈCLE ET PREMIER EMPIRE

Anciennes Porcelaines de Chine — Faïences italiennes
Miniatures — Boîtes — Argenterie — Matières précieuses

MOBILIER ARTISTIQUE

ancien et de style

Tapisseries — Étoffes anciennes — Tentures
Tableaux — Pastels

DONT LA VENTE AURA LIEU

HOTEL DROUOT, SALLE Nᵒ 8

Le Lundi 13 Mai 1889

à 2 heures 1/4

Mᵉ G. BOULLAND	**M. A. BLOCHE**
COMMISSAIRE-PRISEUR	EXPERT
26, rue des Petits-Champs, 26	25, rue de Châteaudun, 25

EXPOSITION PUBLIQUE

Le Dimanche 12 Mai 1889, de 1 heure 1/2 à 5 heures.

Don S. de Ricci

D 35412

CONDITIONS DE LA VENTE

Elle sera faite *expressément* au comptant.

Les acquéreurs payeront, en sus des adjudications, *cinq pour cent* applicables aux frais de la vente.

L'Exposition mettant le public à même de se rendre compte de l'état et de la nature des objets, il ne sera admis aucune réclamation une fois l'adjudication prononcée.

Paris. — Imp. de l'Art. E. Ménard et Cⁱᵉ, 41, rue de la Victoire.

DÉSIGNATION DES OBJETS

Œuvres de Marchetti

MARBRES

1 — Enfant et chien. Groupe. — Haut., 5o cent.

2 — Enfant et chèvre. Groupe.— Haut., 6o cent.

3 — Paul et Virginie. Groupe.— Haut., 1 mètre.

4 — Le Retour de la chasse. Groupe. — Haut., 8o cent.

5 — La Poule et ses poussins. Groupe. — Haut., 3o cent.

6 — Innocence et Fidélité. Groupe. — Haut., 5o cent.

7 — Danseuse napolitaine. Statuette. — Haut., 1 mètre.

8 — La Rosée. Statuette. — Haut., 1 mètre.

9 — Femme voilée. Buste. — Haut., 60 cent.

10 — Fantaisie. Buste. — Haut., 40 cent.

11 — Fantaisie. Buste. Pendant du précédent. — Haut., 40 cent.

12 — Le Printemps. Buste. — Haut., 50 cent.

13 — Flore. Buste. — Haut., 80 cent.

14 — Sapho. Buste. — Haut., 80 cent.

15 — Deux colonnes en marbre jaune de Sienne.

16 — Gaine en marbre blanc.

MOBILIER — OBJETS D'ART

17 — Bel ameublement de salon, en bois noir finement sculpté, dessin à coquilles fleuronnées, couvert en damas de soie vert, dessin à grands ramages, exécuté par *Lexcellent*, reproduction de celui du château de Versailles. Il se compose d'un canapé, deux fauteuils et deux chaises.

18 — Deux décorations de croisées, rideaux, lambrequins et garnitures assortis au meuble précédent.

19 — Commode en bois rose, palissandre et marqueterie, ornée de bronzes, dessus de marbre. Époque Louis XVI.

20 — Commode en acajou, ornée de cannelures de cuivre, dessus de marbre. Époque Louis XVI.

21 — Table en bois sculpté à grands ornements, piétement à croisillon. Époque Louis XIII.

22 — Pendule en marqueterie de cuivre, fond d'écaille, ornée de bronzes, couronnement avec groupe mythologique, bas-relief : *Char d'Apollon* sur le devant. Signée *Thuret*.

23 — Table de nuit ovale, en bois rose et palissandre, ornée de bronzes, dessus de marbre avec galerie de cuivre. Époque Louis XVI.

24 — Table ronde à bouillotte, en acajou orné de cuivre, dessus en marbre blanc avec galerie et autre dessus couvert d'un drap vert, avec tiroirs à jetons et tablettes à écrire. Époque Louis XVI.

25 — Lit en palissandre avec sommier et table de nuit.

26 — Jardinière en émail cloisonné du Japon.

27 — Jolie toilette dite Dubarry, en bois rose et palissandre, ornée de bronzes dorés, avec rangées de tiroirs superposés de chaque côté et tablette pour écrire sur le devant. Époque Louis XV.

28 — Grande et belle table rectangulaire en bois noir, ornée de jolies mosaïques de marbre de couleur représentant les armes de la ville de Florence et des Médicis, des mascarons et des ornements. Louis XIII.

29 — Deux aiguières à vin montées en argent, décor ceps de vigne.

30 — Paire de flambeaux en argent. Époque Louis XIV.

31 — Quatre bois de fauteuils sculptés et dorés, modèle de l'époque Louis XV, à contours relevés de fleurs.

32 — Ameublement de salle à manger en noyer, composé d'un buffet style Renaissance, à deux corps avec crédence, et étagères sur les côtés, et compartiments au milieu, fermé par un panneau sculpté à figure en haut-relief, surmonté d'une galerie à balustres ; une table

carrée avec quatre rallonges, un dressoir avec dessus en marbre griotte et huit chaises.

33 — Ameublement de style Louis XIV, en bois sculpté et doré, recouvert en tapisserie dite de la lampèze, composé d'un canapé, deux fauteuils, quatre chaises.

34 — Écran en bois doré.

35 — Table en bois doré, dessus en marbre blanc.

36 — Ameublement de chambre à coucher en noyer ciré, composé d'un lit de milieu, une table de nuit, une armoire à glace.

37 à 41 — Six coussins en peluche et satin brodé. (Sera divisé.)

42 — Table en bois sculpté. Travail chinois.

43 — Paire de jolies petites jardinières forme culs de poule, en ancienne porcelaine de Chine, gris craquelé ; montures en bronze ciselé et doré à rocailles. Époque Louis XV.

44 — Petit brûle-parfums en vieux Chine, famille verte, monté en bronze.

45 — Devant de feu en bronze, modèle aux chimères ailées.

46 — Écritoire en bronze poli, avec lumières. Style Louis XIV.

47 — Paire de girandoles en cuivre, à quatre lumières, richement garnies de guirlandes et de boules de cristal. Style Louis XIV.

48 — Deux lampes en cuivre. Style Louis XIV.

49 — Groupe en bois sculpté, partie rehaussée d'or : Nymphe et Enfants. Époque Louis XVI.

50 — Deux colonnes en bois sculpté.

51 — Table en bois des Iles.

52 — Meuble breton en chêne sculpté.

53 — Garniture de cheminée en bronze : pendule et deux petits candélabres à trois lumières.

54 — Paire d'appliques en cuivre, à trois lumières.

55 — Deux jolies cassolettes, forme ovale gracieusement cintrée, en marbre blanc profondément évidé, avec couvercles ornés de riches montures en bronze ciselé et doré. Époque Louis XVI.

56 — Statuette équestre en bronze : Louis XIV,

sur socle en marbre vert antique, orné de
bronze doré.

57 — Grand buste en bronze : Napoléon Ier,
d'après Canova.

58 — Statuette en bronze : Vestale, d'après Clo-
dion.

59 — Deux buires en marbre vert antique, or-
nées de bronze doré. Style Louis XVI.

60 — Statuette en bronze : Baigneuse, d'après
Falconnet.

61 — Paire de petits bustes en bronze : Voltaire
et Rousseau, sur socles en marbre vert de
mer.

62 — Buste en bronze : le Printemps, de Faure-
Debrousse.

63 — Grand vase en bronze, forme Médicis.

64 — Figurine en bronze : Jean de Bologne.

65 — Grand bol en porcelaine de Chine, décor
à armoiries, monture en bronze. Style Louis
XVI.

66 — Paire de grands candélabres en bronze
doré. Style Renaissance.

67 — Paire de vases en marbre griotte, avec montures en bronze doré, de l'Empire.

68 — Pendule en bronze doré, forme vase avec têtes de satyres. Style Louis XVI.

69 — Pendule en bronze doré, formée du buste de Bélisaire. Style Louis XVI.

70 — Pendule de l'Empire.

71 — Groupes en bronze : Enlèvement de Borée et Pluton, sur socle. Style Louis XVI.

72 — Statuette en bronze : la duchesse de Montpensier.

73 — Paire de vases en cristal bleu, forme cassolette ; monture en bronze. Style Louis XVI.

BOITES — MINIATURES — BONBONNIÈRE

74 — Miniature sur ivoire : Portrait de femme, dans son écrin.

75 — Miniature sur ivoire : Portrait d'homme, de Lamy, daté 1824.

76 — Miniature sur ivoire : Sujet Louis XVI. avec cadre en bronze doré.

77 — Miniature : Portrait d'enfant. Signé Astor.

78 — Miniature : Trophée Louis XVI.

79 — Miniature : Buste de femme.

80 — Boîte en ivoire avec miniature.

81 — Boîte en ébène avec couvercle en émail.

82 — Boîte en ivoire avec portrait d'après Greuze.

83 — Miniature à l'huile : Portrait de femme.

84 — Miniature carrée : Portrait de femme Louis XVI, dans son écrin.

85 — Boîte à poudre en ivoire, avec miniature : Marie-Antoinette.

86 — Miniature : Portrait de la princesse de Lamballe.

87 — Miniature : la Fleuriste, d'après Greuze.

88 — Miniature : Portrait d'une artiste, d'après Nattier.

89 — Miniature : Marie-Antoinette.

90-91 — Deux miniatures : Élisabeth d'Orléans et la duchesse de Bourgogne.

92 — Boîte à pastilles en ivoire, avec miniature : Soyez discret.

93 — Bonbonnière en ivoire, avec portrait :
Mlle de la Vallière.

TAPISSERIES — ÉTOFFES

94 — Tapisserie à personnages, avec bordure sur
trois côtés, représentant des fruits et des
fleurs.

95 — Tapisserie verdure, avec bordure à fruits et
feuillages.

96 — Tapisserie verdure.

97 — Encadrement de tapisserie à fleurs. Epoque
Louis XIII.

98 — Jolie robe avec corsage en soie bleue brochée à fleurs et festons au cannetillé. Époque
Louis XV. (Confectionnée du temps, avec ses
garnitures.)

99 — Jolie robe et corsage en soie nuance gorge
de pigeon, brochée à bouquets de fleurs et
festons au cannetillé. Époque Louis XV.

100 — Coupe de 44 m. 75 cent., beau damas,
soie rouge de Lyon, à grands dessins.

101 — Quatre garnitures de fauteuils, dossiers,
dessus et bras en ancienne tapisserie au point,
à médaillons et ornements. Époque Louis
XIV.

PORCELAINES

102 — Beau plat octogone, en ancienne porcelaine de Chine, famille verte, décoré au
centre de paysage animé de volatiles, sur les
bords : de paons, de pivoines et de feuillages,
fond pointillé, le tout à rehauts d'or.

103 — Deux plats ronds, en ancienne porcelaine
de Chine, famille rose, décor paysage fleuri,
au centre et sur le bord, marli à carrelages
fond vert et fond rose, rehaussé d'or.

104 — Deux cornets en ancien Urbino, décor
armoiries et enfants.

105 — Onze assiettes en ancienne porcelaine de
Chine, famille rose, décor à médaillons
jetés de fleurs, fond nuageux à traits rouges
avec fleurs.

106 — Aiguière et bassin en vieux Strasbourg,
décor à fleurs.

TABLEAUX

DELACROIX

(Attribué à EUGÈNE)

107 — *Lion couché*.

GROS

(D'après)

108 — *Bonaparte à Arcole*.

Pastel.

PIRANESI

109 à 115 — Sept tableaux : Sujets mythologiques.

PRUD'HON

(D'après)

116 — *Portrait de femme.*
Étude.

TROYON

(Attribué à et signé)

117 — *Renards en arrêt.*

118 — Tableaux et objets non catalogués.

www.ingramcontent.com/pod-product-compliance
Lightning Source LLC
LaVergne TN
LVHW011455170726
843501LV00009B/3427